ANTÓLOGA
ANA BELÉN RAMOS

ILUSTRADORA
COANER CODINA

MI PRIMER VERSO

José de Espronceda

Federico García Lorca

Félix María de Samaniego

Mar Benegas

Fernán Caballero

Calderón de la Barca

José Martí

Francisco de Quevedo

María Baranda

Alfonsina Storni

Gustavo Adolfo Bécquer

Concepción de Estevarena

Rubén Darío

Lope de Vega

Montena

Papel certificado por el Forest Stewardship Council®

Primera edición: noviembre de 2019

Printed in Spain - Impreso en España

ISBN: 978-84-17922-20-7
Depósito legal: B-17.661-2019

Compuesto por Coaner Codina
Impreso en Talleres Gráficos Soler, S.A.
Esplugues de Llobregat
(Barcelona)

GT 2 2 2 0 7

Penguin
Random House
Grupo Editorial

COMIENZA EL VIAJE DE LA POESÍA...

CANCIÓN DEL PIRATA

Con diez cañones por banda,
Viento en popa, a toda vela,
No corta el mar, sino vuela
Un velero bergantín:

Bajel pirata que llaman
Por su bravura el Temido,
En todo el mar conocido
Del uno al otro confín.

La luna en el mar riela,
En la lona gime el viento,
Y alza en blando movimiento
Olas de plata y azul;

Y ve el capitán pirata,
Cantando alegre en la popa,
Asia a un lado, a otro Europa,
Y allá a su frente Estambul.

«Navega, velero mío,
Sin temor,
Que ni enemigo navío,
Ni tormenta, ni bonanza
Tu rumbo a torcer alcanza,
Ni a sujetar tu valor.

»Veinte presas
Hemos hecho
A despecho
Del inglés,
Y han rendido
Sus pendones
Cien naciones
A mis pies.

»Que es mi barco mi tesoro,
Que es mi dios la libertad,
Mi ley, la fuerza y el viento,
Mi única patria la mar.

»Allá muevan feroz guerra
Ciegos reyes
Por un palmo más de tierra,
Que yo aquí tengo por mío
Cuanto abarca el mar bravío,
A quien nadie impuso leyes.

»Y no hay playa,
Sea cualquiera,
Ni bandera
De esplendor,
Que no sienta
Mi derecho
Y dé pecho
A mi valor.

»Que es mi barco mi tesoro,
Que es mi dios la libertad,
Mi ley, la fuerza y el viento,
Mi única patria la mar.

»A la voz de barco viene
Es de ver
Cómo vira y se previene
A todo trapo a escapar:
Que yo soy el rey del mar,
Y mi furia es de temer.

»En las presas
Yo divido
Lo cogido
Por igual.
Sólo quiero
Por riqueza
La belleza
Sin rival.

»Que es mi barco mi tesoro,
Que es mi dios la libertad,
Mi ley, la fuerza y el viento,
Mi única patria la mar.

»¡Sentenciado estoy a muerte!
Yo me río;
No me abandone la suerte,
Y al mismo que me condena
Colgaré de alguna entena
Quizá en su propio navío.

»Y si caigo,
¿Qué es la vida?
Por perdida
ya la di,
Cuando el yugo
Del esclavo,
Como un bravo,
Sacudí.

»Que es mi barco mi tesoro,
Que es mi dios la libertad,
Mi ley, la fuerza y el viento,
Mi única patria la mar.

»Son mi música mejor
Aquilones,
El estrépito y temblor
De los cables sacudidos,
Del ronco mar los bramidos
Y el rugir de mis cañones.

»Y del trueno
Al son violento,
Y del viento
Al rebramar,
Yo me duermo
Sosegado,
Arrullado
Por el mar.

»Que es mi barco mi tesoro,
Que es mi dios la libertad,
Mi ley, la fuerza y el viento,
Mi única patria la mar.»

José de Espronceda

EL LAGARTO ESTÁ LLORANDO

*A mademoiselle Teresita Guillén
tocando su piano de seis notas*

El lagarto está llorando.
La lagarta está llorando.

El lagarto y la lagarta
con delantaritos blancos.

Han perdido sin querer
su anillo de desposados.

¡Ay, su anillito de plomo,
ay, su anillito plomado!

Un cielo grande y sin gente
monta en su globo a los pájaros.

El sol, capitán redondo,
lleva un chaleco de raso.

¡Miradlos qué viejos son!
¡Qué viejos son los lagartos!

¡Ay, cómo lloran y lloran!
¡Ay, ay, cómo están llorando!

Federico García Lorca

LA CIGARRA Y LA HORMIGA

Cantando la Cigarra
pasó el verano entero,
sin hacer provisiones
allá para el invierno.
Los fríos la obligaron
a guardar el silencio
y a acogerse al abrigo
de su estrecho aposento.
Viose desproveída
del preciso sustento:
sin mosca, sin gusano,
sin trigo, sin centeno.
Habitaba la Hormiga
allí, tabique en medio,
y con mil expresiones
de atención y respeto
la dijo: «Doña Hormiga,
pues que en vuestro granero
sobran las provisiones
para vuestro alimento,
prestad alguna cosa
con que viva este invierno
esta triste Cigarra,
que, alegre en otro tiempo,
nunca conoció el daño,
nunca supo temerlo.
No dudéis en prestarme;
que fielmente prometo
pagaros con ganancias,
por el nombre que tengo».

La codiciosa Hormiga
respondió con denuedo,
ocultando a la espalda
las llaves del granero:
«¡Yo prestar lo que gano
con un trabajo inmenso!
Dime, pues, holgazana,
¿qué has hecho en el buen tiempo?».
«Yo», dijo la Cigarra,
«a todo pasajero
cantaba alegremente,
sin cesar ni un momento.»
«¡Hola!, ¿conque cantabas
cuando yo andaba al remo?
Pues ahora, que yo como,
baila, pese a tu cuerpo.»

Félix María de Samaniego

DIN-DON

En la selva hay muchas casas
que no se ven cuando pasas.
Y cuando quieren dormir
todos llaman tal que así:

Din-don.
—¿Quién es?
—La ratita y el ciempiés.

Din-don.
—¿Quién va?
—La tortuga y el caimán.

Din-don.
—¿Quién llama?
—Una rana y la caguama.

Din-don.
—¿Quién será?
—La culebra y el jaguar.

Din-don.
—¿Quién anda ahí?
—La mosca y el manatí.

Din-don.
—¿Y esa llamada?
—Han sido un sapo y un hada.
—¿Cómo dices?, ¿Qué fue un hada?
No me creo esa charada,
¡nunca existieron las hadas!

Ya te lo dije, repasa:
en la selva hay muchas casas
que no se ven cuando pasas.

Mar Benegas

¿QUÉ DICEN LAS GOLONDRINAS?

¡Ven hacia mí!
¡Rubito y colorado
por todos deseado!
¡Ven hacia aquí
pintando los campos de colores mil!
¡Que sí, que sí!
¡Que salga el sol de abril!

Fernán Caballero (Cecilia Böhl de Faber)

LA VIDA ES SUEÑO

¿Qué es la vida? Un frenesí.
¿Qué es la vida? Una ilusión,
una sombra, una ficción,
y el mayor bien es pequeño,
que toda la vida es sueño,
y los sueños, sueños son.

Calderón de la Barca

MI CABALLERO

Por las mañanas
Mi pequeñuelo
Me despertaba
Con un gran beso.
Puesto a horcajadas
Sobre mi pecho,
Bridas forjaba
Con mis cabellos.
Ebrio él de gozo,
De gozo yo ebrio,
Me espoleaba
Mi caballero:
¡Qué suave espuela
Sus dos pies frescos!
¡Cómo reía
Mi jinetuelo!
Y yo besaba
Sus pies pequeños,
¡Dos pies que caben
En solo un beso!

José Martí

A un Hombre de Gran Nariz

Érase un hombre a una nariz pegado,
érase una nariz superlativa,
érase una nariz sayón y escriba,
érase un peje espada muy barbado.

Era un reloj de sol mal encarado,
érase una alquitara pensativa,
érase un elefante boca arriba,
era Ovidio Nasón más narizado.

Érase un espolón de una galera,
érase una pirámide de Egipto,
las doce Tribus de narices era.

Érase un naricísimo infinito,
muchísimo nariz, nariz tan fiera
que en la cara de Anás fuera delito.

Francisco de Quevedo

LA CASA DEL DRAGÓN

Esta es la casa del dragón.
Estos son los árboles verdes y rojos
del bosque donde vive el dragón.

Este es el fuego del dragón.
El fuego que quema
la tierra y los árboles verdes y rojos
del bosque
de la casa del dragón.

Este es el niño
que no le teme al dragón
y lo mira a los ojos
y salta en su cola
y le muestra un espejo al dragón.

Este es el espejo
donde mira su cara furiosa el dragón
y se asusta
de ser dragón.

El dragón que vive en una casa
en un bosque
de árboles rojos y verdes.

Este es el niño
que no le teme al dragón
y lo mira a los ojos
y salta en su cola
y a veces le canta
y lo abraza
junto a los árboles verdes y rojos
del bosque donde vive el dragón
que a veces saca fuego y quema la tierra.

Esta es la casa del dragón.
El dragón que a veces sueña
con dejar de ser dragón.

María Baranda

PAZ

Vamos hacia los árboles... el sueño
Se hará en nosotros por virtud celeste.
Vamos hacia los árboles; la noche
Nos será blanda, la tristeza leve.

Vamos hacia los árboles, el alma
Adormecida de perfume agreste.
Pero calla, no hables, sé piadoso;
No despiertes los pájaros que duermen.

Alfonsina Storni

¿QUÉ ES POESIA?

¿Qué es poesía?, dices mientras clavas
en mi pupila tu pupila azul.
¿Qué es poesía? ¿Y tú me lo preguntas?
Poesía... eres tú.

Gustavo A. Bécquer

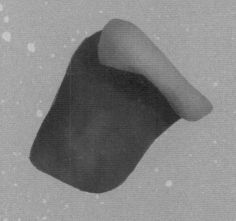

HOJAS PERDIDAS

Conservo el tallo verde entre mis manos
y ya esparcí las hojas de la flor;
las he visto alejarse, cual se aleja
la primera ilusión.

Eran hojas de rosas, que aún guardaban
el perfume, la forma y el color,
y, aun siendo así, volaron con el viento,
y nadie las miró.

He visto en esas hojas el destino
de seres sin hogar y sin amor,
que saben de la noche, y nada saben
de los rayos del sol.

Arrancados del tallo en que nacieran
y arrojados al viento del dolor,
nadie se para a ver si en esos seres
existe un corazón.

Concepción de Estevarena

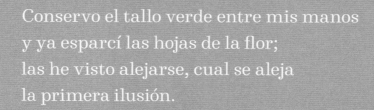
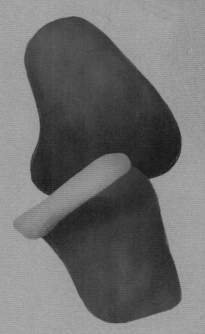

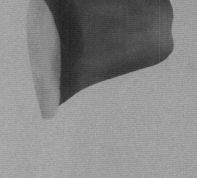

SONATINA

La princesa está triste... ¿Qué tendrá la princesa?
Los suspiros se escapan de su boca de fresa,
que ha perdido la risa, que ha perdido el color.
La princesa está pálida en su silla de oro,
está mudo el teclado de su clave sonoro,
y en un vaso, olvidada, se desmaya una flor.

El jardín puebla el triunfo de los pavos reales.
Parlanchina, la dueña dice cosas banales,
y vestido de rojo piruetea el bufón.
La princesa no ríe, la princesa no siente;
la princesa persigue por el cielo de Oriente
la libélula vaga de una vaga ilusión.

¿Piensa, acaso, en el príncipe de Golconda o de China,
o en el que ha detenido su carroza argentina
para ver de sus ojos la dulzura de luz?
¿O en el rey de las islas de las rosas fragantes,
o en el que es soberano de los claros diamantes,
o en el dueño orgulloso de las perlas de Ormuz?

¡Ay!, la pobre princesa de la boca de rosa
quiere ser golondrina, quiere ser mariposa,
tener alas ligeras, bajo el cielo volar;
ir al sol por la escala luminosa de un rayo,
saludar a los lirios con los versos de mayo
o perderse en el viento sobre el trueno del mar.

Ya no quiere el palacio, ni la rueca de plata,
ni el halcón encantado, ni el bufón escarlata,
ni los cisnes unánimes en el lago de azur.
Y están tristes las flores por la flor de la corte,
los jazmines de Oriente, los nelumbos del Norte,
de Occidente las dalias y las rosas del Sur.

¡Pobrecita princesa de los ojos azules!
Está presa en sus oros, está presa en sus tules,
en la jaula de mármol del palacio real;
el palacio soberbio que vigilan los guardas,
que custodian cien negros con sus cien alabardas,
un lebrel que no duerme y un dragón colosal.

¡Oh, quién fuera Hipsipila que dejó la crisálida!
(La princesa está triste, la princesa está pálida.)
¡Oh visión adorada de oro, rosa y marfil!
¡Quién volara a la tierra donde un príncipe existe,
(¡La princesa está pálida, la princesa está triste!)
más brillante que el alba, más hermoso que abril!

«Calla, calla, princesa», dice el hada madrina;
en caballo, con alas, hacia acá se encamina,
en el cinto la espada y en la mano el azor,
el feliz caballero que te adora sin verte,
y que llega de lejos, vencedor de la Muerte,
a encenderte los labios con un beso de amor.

Rubén Darío

LOS RATONES

Juntáronse los ratones
para librarse del gato;
y después de largo rato
de disputas y opiniones,
dijeron que acertarían
en ponerle un cascabel,
que andando el gato con él,
librarse mejor podrían.

Salió un ratón barbicano,
colilargo, hociquirromo
y encrespando el grueso lomo,
dijo al senado romano,
después de hablar culto un rato:
–¿Quién de todos ha de ser
el que se atreva a poner
ese cascabel al gato?

Lope de Vega

LA RISA

¡Bienvenida sea la risa
que deja alegría por donde pisa!

Que venga la risa
y su prima la sonrisa.

Reír es como si como
alimenta más que el lomo.

Hay que reír cada hora
(lo receta servidora).

¡Ay que risa, tía Felisa,
se le vuela la camisa!
(La risa es muy buena
para el pecho.)

Quien va sonriendo,
va mejor que en coche.

Quien ríe de día,
duerme bien de noche.

Gloria Fuertes

ÍNDICE